ほぼ文庫本で短歌

小野 志保子
ONO Shihoko

文芸社

はじめに

金曜読書会というサークルに入って九年が過ぎました。

今まで本を読む習慣がなかったものですから、初めのうちは自分の読解力の無さにがっかりでした。

それが二回、三回と参加していくうちに、すっかり本（ほぼ文庫本）の魅力に引き込まれていくようになりました。

「一冊読んだら感想を短歌にしてみよう!!」

リーダーの発案から始まった短歌への挑戦。

経験のないことに戸惑いましたが、うまいとほめられ、すっかりその気になって今も続けています。

私の短歌から、この本が気になると感じる一冊を手にとって頂ければ、こんなに嬉しいことはありません。

そして、誰かとああでもない、こうでもないと気軽に思ったまま話し合えたなら、充実した楽しい会話になると思います。

それぞれ本を読む目的は異なりますし、読み返してみると、また本の印象も変わってきます。

人との関係に悩んだとき、物事が思い通りに進まないとき、息苦しく感じるとき、いつでもどんなときでも本は私達に寄り添いやさしく背中を押してくれるのです。

ほぼ文庫本で短歌

川べりの月に向かって
ゆっくりと
空気の壁に
おやすみなさい

『センセイの鞄』川上　弘美

こんなにも優しい空気
残された時間の中に
ただ
そばにいて

『こんなにも優しい世界の終わりかた』市川　拓司

友情は
仕事を通し結ばれる
そいつのために
何だってやる

『沖で待つ』絲山　秋子

特別の権利があると
荒れた日々
支え続ける
さぶの友情

『さぶ』山本　周五郎

ほどほどに
愛の加減を知らぬリタ
一途さゆえに
深い疵《きず》あと

『望郷』森　瑤子

生まれつき持ってないのか
男運
それが業とは悲しいものね

『錦繍』宮本　輝

家具を買い
花嫁衣装決めたのに
心変わりと
あなたは言うの

『地下街の雨』宮部　みゆき

感傷を
ポタポタ落とすコーヒーに
程よい苦み
人生の味

『コーヒーと恋愛』獅子　文六

移りゆく
約束なんて愛なんて
信じることは傷を負うこと

『愛なんて嘘』白石　一文

ここまでと
境界線を知っている
依存はしない
昭和の女性

『孤独な夜のココア』田辺　聖子

愛という
言葉の意味を聞いている
やさしい吐息
電話の向こう

『ふたご』藤崎　彩織

縛られず
フリーサイズの恋がいい
感情だけは
渡せないから

『私の美しい庭』凪良　ゆう

美しいものには
品と威厳あり
見つめるだけで
心を満たす

『悪女について』有吉　佐和子

逃げないで
あなたの道を歩んでね
抹茶の記憶
悲しい別れ

『余命10年』小坂　流加

ほうじ茶を
一緒に飲める人がいる
このひとときを
大事に思う

『高く手を振る日』黒井　千次

チチキトク
ひと目みせたいお婿さん
いい男だよ
消え入る声で

『忍ぶ川』三浦　哲郎

哀れなり
企業戦士の実情は
往復だけの
家庭と会社

『終の住処』磯崎　憲一郎

バラバラな
気持ちを抱《いだ》き暮らすより
寒々しくも離婚万歳

『離婚』色川　武大

男って
退職しても成果主義
ほめてほしいの
嘘でいいから

『孤舟』渡辺　淳一

愛すべき家族を捨てて
果てしなき
未知の荒野を
男は歩く

『青年は荒野をめざす』五木　寛之

母さんのごめんなさいを
聞いた時
自責の念が
解き放たれる

『シズコさん』佐野　洋子

泣きぬれて
一人になってふと思う
共有できた
いとしい時間

『さがしもの』角田　光代

愛の手で
やさしく撫でてほしいから
周りの敵に
あなたを護《まも》る

『母性』湊　かなえ

マイホームなくてもいいさ
ちゃぶ台と家族団欒《だんらん》
それさえあれば

『家族写真』荻原 浩

自然体
などと気軽に言うけれど
親の気持ちも
分かってほしい

『はだかんぼうたち』江國　香織

目を覚まし
母チャンどこだ
幼子の如きその目で
探し求める

『還れぬ家』佐伯　一麦

有名に
なればなったで
大切な人が
どんどん遠のいていく

『我が家の問題』奥田　英朗

戯《ざ》れ合って
嬉しい時も淋しさも
共有できて
家族なんだね

『森の家』千早　茜

亡き父の残した言葉
想い出す
何とやさしい
存在だろう

『冬の旅』立原　正秋

母さんと距離があるから
見えてくる
一緒にいては見えないことも

『幸福な食卓』瀬尾　まいこ

認知症
介護する側
される側
希望と不安
見えない出口

『老乱』久坂部　羊

定年後
孫をみるのも難儀なり
そんなの出来るか
ウンチのオムツ

『定年オヤジ改造計画』垣谷　美雨

これからという時に
子に先立たれ
おめえはつくづく
運がねぇどなあ

『JR上野駅公園口』柳　美里

困窮を
極め育った子供たち
大地を蹴って
羽ばたいてゆく

『光る大雪』小檜山　博

ヨーイドン
お兄ちゃんへ送るエールだよ
感動が言葉に変わる

『金の角持つ子どもたち』藤岡　陽子

親の影
そっと見守る赤とんぼ
行動のみが
心の支え

『父からの手紙』小杉　健治

二人して
明日《あす》の来るのが
楽しみと思えるのなら
それで十分

『いるいないみらい』窪 美澄

苦痛なく
家族に負担かけないで
死は
やすらかな刻《とき》でありたい

『死顔』吉村　昭

身の終わり
予感しつつも恋人の
腕に抱かれて
いざ生きめやも

『風立ちぬ』堀　辰雄

和尚さん
人は死んだらどうなるの
知らん
死んだことないのだから

『中陰の花』玄侑　宗久

いくつかの
同じ過ち繰り返す
俺はいったい
何なんだろう

『国境の南、太陽の西』村上　春樹

あの世へと
続く階段あるという
会いたくなって
そっと見上げる

『かたみ歌』朱川　湊人

脳死でも
生きてほしいと願う母
無言の息子
雲海を行く

『無言の旅人』仙川　環

答えなき迷路の中に
生命の輝きを知る
ガラスのハート

『いちご同盟』三田　誠広

善悪の
分別もない宗教に
神って何だろ
祈りとは何

『神のふたつの貌』貫井　徳郎

生き方に
正解なんてあるものか
それでも人は
答えを探す

『しょうがない人』平　安寿子

理不尽な
時代を変える強い意志
つらぬき通す
男の美学

『怪物商人』江上　剛

散り際に
人間の価値決まるなら
大切なのは
品格かしら

『終わった人』内館　牧子

いつまでも
繭の中にはいられない
生まれ変わろう
鎌倉の夏

『夏の裁断』島本　理生

遠足で行く天国は
神様からの思し召し
悲しき別れ

『夜と霧の隅で』北　杜夫

どれほどの
物を捨てても
歳月は
捨てられずに
人は老いていく

『カンパニー』伊吹　有喜

ひとつずつ
嘘をつくたび
年をとる
死にかける街
おれたちの街

『光あれ』馳　星周

感情の赴くままに
淡々と
自然の中に
余命を生きる

『いまひとたびの』志水　辰夫

恋人に
必要とされ見捨てられ
生きることさえ
望まない日々

『イノセント・デイズ』早見 和真

学生が時間を忘れ
語り合う
革命と恋
本と音楽

『無伴奏』小池　真理子

気持ちなど手に入らない
死んだって
海霧の街
湿った空気

『氷平線』桜木　紫乃

よみがえる
想い出包む風呂敷に
三角屋根と至福の時間

『小さいおうち』中島　京子

大好きな
映画を糧に
八十路まで
値千金わが道を行く

『キネマの神様』原田　マハ

正しいと信じて走る
百マイル
天国のドア
ノックするまで

『天国までの百マイル』浅田　次郎

深海に
固い絆で結ばれる
ドウケツエビは
ゆりかごの中

『原稿零枚日記』小川　洋子

屈辱を
パワーに変えて突き進む
やるしかないさ男の意地で

『プラチナタウン』楡　周平

少年の
心の中にいつまでも
コスモス咲いて
夏は終わった

『夏の庭』湯本　香樹実

弱さゆえ
過去の自分を捌《さば》けない
飛べない鳩は
底なし沼へ

『地下の鳩』西　加奈子

月光を
浴びて姿をあらわした
惑わす瞳
その名は香具矢

『舟を編む』三浦　しをん

現実を突き付けられて
揺れ動く
あきらめきれず
追いかける夢

『下町ロケット』池井戸　潤

曖昧な記憶のカケラ
手繰り寄せ
見え隠れする
哀しい予感

『哀しい予感』吉本　ばなな

軽やかに
しなやかにと
踏むステップ
ブエノスアイレス
雪の真夜中

『ブエノスアイレス午前零時』藤沢　周

誰のため
泳ぎ続けるこいのぼり
止まった時間
ふるさとの闇

『みんなのうた』重松　清

半世紀
過ぎても未だ衰えず
芙美子の魅力
ナニカアルのだ

『ナニカアル』桐野　夏生

少年に案内される
畔の道
この先何が
始まるのだろう

『蜩ノ記』葉室　麟

状況を一変させた
ダリオくん
手柄を称え
表彰します

『ドミノ』恩田　陸

赤黒い渦巻く雲に
大きな目
神の国への
入り口がある

『キュア』田口　ランディ

どこからか
ミントの香り漂って
ドラマのような
出来事でした

『だれかの木琴』井上　荒野

匿名で
本音が言えるツイッター
自分ではない
誰かになれる

『何者』浅井　リョウ

前世の記憶の中に
筆を持つ
僕とマコトの
青いキャンバス

『カラフル』森　絵都

どうしよう
イチもいいけど
ニもいいね
ガラガラポンで
ニにしようかな

『勝手にふるえてろ』綿矢　りさ

飛ぶために
蜜を吸っては
また飛んで
たったそれだけ
楽しみながら

『たったそれだけ』宮下　奈都

ありのまま
生きてゆけない人間を
尻尾フリフリ
狸が笑う

『冬虫夏草』梨木　香歩

江戸へ出て
孤独の中にムクドリは
俳句と出会い
さしこむ光

『一茶』藤沢　周平

この曲はあなたの命
火の中に
強い足跡
残して逝った

『ナミヤ雑貨店の奇跡』東野　圭吾

なんとまあ
世間知らずのお嬢さん
負債二億を
物ともせずに

『戦いすんで日が暮れて』佐藤　愛子

復員の
列車の中の出会いから
木地師のルーツ
再会の旅

『脊梁山脈』乙川　優三郎

キヨスクで
立ち読みをするハルコさん
めったにいない
こういうタイプ

『最高のオバハン』林　真理子

おやつなら
お腹いっぱい食べようよ
眠くなったら
眠っていいよ

『学問』山田　詠美

この町の
人と人との繋がりを
守り続けるタイムカプセル

『家族シアター』辻村　深月

共感に
満ちた場所などありえない
泳ぎ疲れている
深海魚

『ナイルパーチの女子会』柚木　麻子

二人して
手塩にかけたホテルには
譲ってならぬ深い思い出

『贅沢のススメ』本城　雅人

いろいろな
人間模様おもしろく
そこはそれなり
大人の事情

『ツバキ文具店』小川　糸

百歳の
元気老人多すぎる
待ちくたびれている
エンマサマ

『四人組がいた』高村　薫

一日を何で埋めよう
焼け跡に
掘り返しては想い出探し

『砂浜に座り込んだ船』池澤　夏樹

断るか
引き受けるのか
運命は
破片のように押し流される

『海と毒薬』遠藤　周作

近未来何が起こるか
わからない
そして
誰かが押すだろうボタン

『献灯使』多和田　葉子

大好きな声を聞きたい
もう一度
世界の果てに向かって走る

『ペンギンハイウェイ』森見　登美彦

才能に拘ったって
しょうがない
得体の知れぬ生き物だから

『あなたの本当の人生は』大島　真寿美

嫌な奴ワルイ男を
捩じ伏せる
痛快なりし
源氏ワールド

『家庭の事情』源氏　鶏太

届けよう
一途な思い弟に
応答のない
トランシーバー

『こちらあみこ』今村　夏子

留学を
わずか六歳アメリカへ
女子教育に未来を開く

『津田梅子』大庭 みな子

記憶をも
自由自在に操れる
精神科医は何者なのか

『私の消滅』中村　文則

不条理な
国家のための自己犠牲
エリート意識捨てられぬまま

『中央流沙』松本　清張

予約する
薬師如来のお使いは
放射線技師
おんころそわか

『焼野まで』村田　喜代子

哀しみを超える方法
知ったとき
冷たい雪もいつかは解ける

『大雪物語』藤田　宜永

謎を解く
アントワープの銃声に
真相を知る
パズルのピース

『追想五断章』米澤　穂信

もう少し
人に頼っていいんだよ
迷惑なんて
思わないでね

『あした の君へ』柚月　裕子

触角で
地面を叩く音がする
アリやカメムシ
バッタにトンボ

『庭』小山田　浩子

無意識に
自傷行為を繰り返す
自殺するウィルス
赤い砂

『赤い砂』伊岡　瞬

嬉しいね
みんなちがってみんないい
響き渡るよ
こだまのように

『みすゞと雅輔』松本　侑子

物凄い勢いで
舁《か》き山がいく
神に命ば捧げるったい

『真夜中の子供』辻　仁成

秘密だよ
魔法少女と宇宙人
なにがあっても
生きのびること

『地球星人』村田　沙耶香

歳月が
記憶の棘を取り除く
美化されていく
辛い思い出

『檀』沢木　耕太郎

漫画家の
夢を仕事に叶えたい
幼いころの
理想の自分

『コンビニ兄弟』町田　その子

人生は
すべてがチャンス
借金も経験であり
自分は自分

『三千円の使いかた』原田　ひ香

悪魔の目
おまえ一体誰なんだ
受け継がれていく
親の記憶

『あなたが愛した記憶』誉田　哲也

図書館で見かける女性
ライバルと
張り合ったのも
すっぱいぶどう

『阪急電車』有川　浩

黒焼きの百足《むかで》はウツに
効き目あり
みんな笑顔に
なれますように

『茗荷谷の猫』木内　昇

これからの
地域医療をたのんだぞ
大学は
花屋の息子を歓迎する

『勿忘草の咲く町で』夏川　草介

一つだけ
忘れられない半円の
火薬の記憶
すいかの匂い

『百花』川村　元気

退屈が
何より辛い塀の中
旅へ誘《いざな》う
ホラ吹きマルコ

『百万のマルコ』柳　広司

うーんなぜ
芥川賞受賞作
何も起こらず
何も残らず

『パークライフ』吉田　修一

未来かな
現在なのか
過去なのか
こんがらがって
ワケワカラナイ

『PK』井坂　幸太郎

美とは何
生とは何か問いかける
掴めないまま
一冊終える

『美しい星』三島　由紀夫

言い訳をしないと決めて
読んでみる
読解力の無きこと悲し

『おさがしの本は』門井　慶喜

なぜだろう
消えた理由がわからない
現実なのか妄想なのか

『空白を満たしなさい』平野　啓一郎

著者プロフィール
小野 志保子（おの しほこ）

1949（昭和24）年2月生まれ
青森県五所川原市出身
宮城県仙台市在住
【趣味】
読書、散歩、人間観察
【主な入選作】
「風船を 手放したのは イブの夜」
（平成26年全日本川柳富山大会入選）
「生き方に 正解なんて あるものか それでも人は 答えを探す」
（平成28年宮城県芸術祭短歌一般部門優秀賞）
「頂上へ 百万回の 深呼吸」
（平成29年宮城県芸術祭川柳一般部門最優秀賞）

ほぼ文庫本で短歌

2023年7月15日　初版第1刷発行

著　者　小野 志保子
発行者　瓜谷 綱延
発行所　株式会社文芸社
〒160-0022　東京都新宿区新宿1－10－1
電話　03-5369-3060（代表）
03-5369-2299（販売）

印刷所　図書印刷株式会社

ISBN978-4-286-24317-7